Mi primera Biblia ilustrada

Contada por Sophie Piper
Ilustraciones de Emily Bolam

ORIGENkids

ÍNDICE

Noé y el arca

En el principio, Dios creó el mundo.
El mundo era un lugar bueno y
agradable.

Pero las personas cometieron un gran error.
Eligieron hacer cosas malas.

Solo Noé vivía como a Dios le agradaba.

Dios le habló a Noé.

—Quiero que construyas un arca,
el barco más grande del mundo.

Noé y sus hijos pusieron
manos a la obra.

9

La esposa de Noé empezó a guardar comida. Las esposas de sus hijos querían ayudar.

Necesitaban mucha pero mucha pero
MUCHA comida.

Comida para todos los animales: una madre y un padre de cada especie animal.

13

Llegaron de dos en dos.

15

Cuando todos estuvieron seguros a bordo,
Dios envió la lluvia.

La lluvia duró varias semanas.

Hasta que…

¡BUM!

Un día, el arca encalló en una montaña.

Cuando el agua se retiró, Noé envió
un cuervo en busca de tierra seca, pero
nunca regresó.

Después, Noé soltó una paloma, que volvió con una ramita verde y fresca.

En algún lugar, las plantas estaban creciendo.

Cuando la tierra estuvo seca, Noé abrió la puerta del arca.

Era tiempo de volver a empezar el mundo otra vez.

—Gracias, Dios —dijo Noé— por
mantenernos a salvo.

—Mira el arcoíris —dijo Dios—. Cada vez
que lo veas, recuerda mi promesa: nunca
volveré a enviar otro diluvio a la tierra.

Moisés y su hermana

Por el camino, los soldados venían marchando. Eran los soldados del rey de Egipto.

—Shh —dijo la madre del bebé.

—Shhhh —dijo la hermana, María.

—Somos esclavos. El rey no nos quiere. Si los soldados encuentran al bebé, lo arrojarán al río —susurró la madre.

—Pero hemos hecho una cesta donde flotará —dijo María—. Vayamos a esconderlo. Yo lo vigilaré.

¡Oh, cielos! La hija del rey fue al río a bañarse y vio al bebé en la cesta.

¿Sería ella tan cruel como los soldados del rey?

Gracias a Dios, no.

—Querido bebito, yo te mantendré a salvo —dijo—. Te llamaré Moisés.

María dio un paso al frente.

—Yo puedo encontrar a alguien que lo cuide por ti —ofreció.

Moisés creció como un príncipe.

Con frecuencia, observaba a los esclavos del rey. Sabía que él pertenecía al pueblo de los esclavos.

—¡No dejaré que los azoten! —dijo Moisés.

Pero eso lo metió en problemas. Y tuvo que escapar.

En el desierto, vio un arbusto: estaba en llamas, pero no se consumía. Entonces, Dios le habló.

—Ve a ver al malvado rey de Egipto y dile que deje ir a mi pueblo.

Moisés fue ante el rey y le dijo:

—Dios te dice: "¡Deja ir a mi pueblo!".

—No lo haré —respondió el rey.

—Entonces habrá problemas —le advirtió Moisés.

Y hubo problemas.

Toda clase de
problemas.

El rey cambió de parecer.

—¡Llévate a tu pueblo y VETE! —le dijo a Moisés.

Todos estaban listos para partir.

Pronto, llegaron a un ancho mar.

¡Oh, no! ¡El rey había enviado soldados a perseguirlos y llevarlos de regreso!

Dios abrió un camino en medio del mar.

Moisés iba al frente. María bailaba de alegría.

Dios era su Dios, y ellos eran su pueblo.

David, el niño pastor

David era un niño pastor.

Solo con su rebaño, tocaba su arpa y cantaba las canciones que él mismo componía.

Pasaba su tiempo libre arrojando piedras con su honda.

¡Ping! Todas las veces daba en el blanco.

Eso era algo bueno, sobre todo si se le aparecía un oso...

¡o un LEÓN!

Un día, fue al campo de batalla del rey Saúl.

Quería llevarles comida a sus hermanos soldados.

Los soldados del rey Saúl estaban
formando filas para la batalla cuando...

"JA JA
JA JA JA".

50

Del lado del campo enemigo se oyó una risa malvada.

—Yo soy Goliat —retumbó una voz—. ¿Quién se atreve a pelear conmigo?

Los soldados del rey Saúl salieron corriendo.

Los hermanos de David dijeron:

—El rey Saúl le dará una gran recompensa a la persona que venza a Goliat. Pero ¿quién se atreve?

—Yo lo haré —exclamó David.

—¡Eres un engreído! —dijeron sus hermanos.

La noticia de la osadía de David
se supo en todas partes.

El rey Saúl pidió verlo.

—Oh —dijo—, ¡pero eres solo un niño!
Y Goliat ha sido un gran guerrero
durante muchos años.

—Yo tengo mi honda —dijo David—.
Y maté un león.

»Y además de eso, yo confío en Dios.

—Umm —dijo Saúl—. Bueno, al menos ponte mi armadura.

—Es demasiado pesada —contestó
David—. Usaré mi ropa de siempre.

Tomó su honda.

Fue a un arroyo.

Recogió cinco piedras.

Fue adonde estaba Goliat.

59

¡Ping!

La piedra de David le dio a Goliat.

¡ERA EL VENCEDOR!

David creció y se hizo soldado. Llegó a ser rey después de Saúl.

Él siempre confiaba en Dios.

Cantaba esta canción:

El Señor es mi pastor;
nada me falta.
En verdes praderas me hace descansar,
a aguas tranquilas me conduce,
me da nuevas fuerzas
y me lleva por caminos rectos,
haciendo honor a su nombre.

63

Jonás y la ¿qué?

Jonás era un profeta. Le decía a la gente las cosas que Dios le decía a él.

Un día, Dios le dijo:

—Tengo un mensaje para la ciudad de Nínive.

»Ve y diles a las personas que dejen de hacer cosas malas.

Jonás se fue en la dirección opuesta.

Se subió a un barco.

—No iré a Nínive —dijo—. Quiero que
Dios castigue a la gente mala que hay allí.

Se desató una gran tormenta.

—¡Socorro! —gritaron los marineros—. ¡Esta es la peor tormenta que hemos visto!

—Alguien debe haber hecho algo realmente MALO.

69

Jonás tuvo que admitirlo.

—Yo estoy huyendo de Dios —se lamentó—. Arrójenme al mar y estarán a salvo.

¡Splash!

71

Jonás empezó a hundirse. Entonces...

GULP

Se lo había tragado una... ¿una qué?

—Lo siento, Dios —gimió Jonás—. Si me salvas la vida, haré lo que me pediste.

¡Glob!

De repente, Jonás estaba en la playa.

Se apresuró a ir a Nínive.

—Escuchen —anunció—. Dios les dice:
"Dejen de ser malos... o si no...".

—Oh, cielos —dijo la gente.

—Oh, cielos —dijo el rey—. Escuchen todos: todo lo malo debe TERMINARSE.

Jonás salió de la ciudad para mirar desde una colina.

¿Qué haría Dios?

Nada. Nada, nada, nada.

El sol quemaba.

—Soy un desdichado —se quejó a Dios.

Dios sembró una semilla.

La planta daba una
sombra refrescante.

—Aaaah —sonrió Jonás.

Dios envió una oruga.

Ñam, ñam, ñam.

Se comió la planta.

—¡Oh, no! —lloriqueó Jonás—. Buaaa...

—Veo que te importa tu planta —dijo
Dios—. Bien, a mí me importa la gente.
La gente de Nínive.

Daniel y los leones

Los tres hombres refunfuñaron.

—¡Qué fastidio! —dijeron—. Daniel obtuvo el mejor trabajo. Atrapémoslo en algo.

Tramaron un plan, y fueron a ver al rey.

—Oh, grande y maravilloso rey... Tú eres más grande que ningún otro en el cielo o en la tierra.

Al rey le gustó lo que oyó.

—Haz una nueva ley —propusieron—. Que sea un crimen que alguien ponga su confianza en otro que no seas tú, ya sea en el cielo o en la tierra.

Al rey le gustó lo que oyó.

—Y todo el que desobedezca deberá ser echado a los leones —dijeron los hombres.

—Lo haré de inmediato —afirmó el rey.

Ellos fueron y espiaron a Daniel.

¡Sí! Allí estaba, como siempre, orando a su Dios.

—¡LO ATRAPAMOS! —exclamaron.

91

Lo acusaron con el rey.

—Él estaba orando a su Dios. Tienes que arrojarlo a los leones.

—Oh —dijo el rey—. Daniel es uno de mis favoritos. Esa ley no era para él.

—Tus leyes NO PUEDEN ser desobedecidas por NADIE —dijeron los hombres.

Daniel fue arrojado al pozo de los leones.

El rey pasó la noche sin dormir,
preocupado por la vida de Daniel.

A la mañana siguiente, fue al pozo.

—¡Daniel! —gritó—. ¿Estás bien? ¿Tu Dios oyó tus oraciones?

Se quedó escuchando.

Prrrrr PRRRRRRR Prrr.

Llamó de nuevo:

—¡Daniel!

99

—¡Hola! —dijo Daniel—. Estoy bien.
Dios envió un ángel para cuidarme.

Prrrrr

PRRRR prrr

—¡Pronto! —les ordenó a sus soldados—.
¡Rescaten a Daniel ENSEGUIDA!

Prrrrrrr

—Le contaré a todo el mundo esto —le prometió el rey a Daniel.

»Tu Dios es el Dios más maravilloso de todos los cielos.

»Y en cuanto a los que buscaron hacerte daño... ya tengo el castigo para ellos.

MUNCH MUNCH MUNCH

El niño Jesús

El ángel Gabriel fue a Nazaret.

—Traigo importantes noticias —le dijo el ángel a María—. Dios te ha elegido para ser la madre de su Hijo, Jesús. Él traerá las bendiciones de Dios al mundo.

—Yo haré lo que Dios quiera —contestó María.

Las noticias entristecieron a José.

—El bebé de María no es mi hijo. Tal vez cancelemos la boda.

En un sueño, un ángel le susurró:
—Dios te ha escogido para cuidar a María
y a su bebé.

José se puso contento.

—Seremos una familia —le dijo a María—. Ahora tengo que ir a Belén, por el censo que realiza el emperador. Vayamos juntos.

Entonces, partieron.

Había mucha gente en Belén.

La posada estaba llena.

María y José se acomodaron en un establo.

—Quizás mi bebé nazca aquí —suspiró María.

Afuera, en la pradera, los pastores estaban cuidando sus ovejas.

Se les apareció un ángel.

—Traigo buenas noticias —anunció—.
Esta noche, en Belén, nacerá un bebé. Él
traerá la bendición de Dios al mundo.

Los pastores encontraron a María,
a José y al niño Jesús, tal como el
ángel había dicho.

Desde muy lejos, unos hombres sabios
venían montados en sus camellos.

—¡Allí está la estrella! —exclamaron—.
Es la señal de que un nuevo rey ha
nacido.

En Jerusalén, encontraron al rey Herodes.

Herodes no estaba nada feliz de oír que había nacido un nuevo rey.

Aun así, Herodes los envió a Belén. La estrella iluminó el camino.

Allí encontraron a María y al niño Jesús.

Le dieron sus regalos:
oro, incienso y mirra.

Cuando los sabios se marcharon, un ángel le susurró a José:

—El rey Herodes quiere hacerle daño al rey recién nacido. Toma a tu familia y llévala lejos, así estarán a salvo.

Pasó mucho tiempo antes de que José, María y Jesús pudieran regresar a casa, en Nazaret.

Allí Jesús creció a salvo.

Un día, Él traería las bendiciones de Dios al mundo.

Jesús y la tormenta

Jesús creció en Nazaret.

En casa, ayudaba en las tareas.

También ayudaba en el taller.

Iba a la escuela.

Aprendía historias de los libros sagrados sobre el amor de Dios.

Incluso los maestros más inteligentes se sorprendían por lo mucho que Jesús sabía.

Cuando Jesús se hizo mayor, fue al río Jordán para ser bautizado.

Esa era una señal de que quería comenzar algo nuevo.

Luego, se convirtió en un maestro.

Personas de toda Galilea iban a escucharlo hablar del amor de Dios.

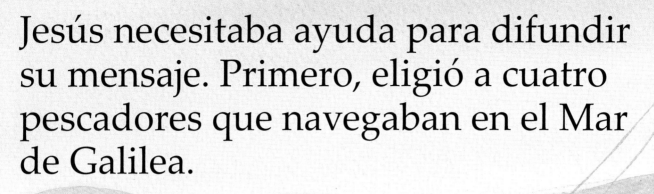

Jesús necesitaba ayuda para difundir su mensaje. Primero, eligió a cuatro pescadores que navegaban en el Mar de Galilea.

Pedro y su hermano Andrés.
Santiago y su hermano Juan.

Dejaron sus redes de pesca y lo siguieron.

En total, eligió a doce hombres para que fueran sus discípulos. Juntos se iban a todas las aldeas de la costa del Mar de Galilea.

Los doce lo escuchaban contar sus historias.

Los doce lo veían sanar a las personas con solo tocarlas.

Una noche, todos subieron a un barco para cruzar el Mar de Galilea, rumbo a otra ciudad.

Jesús se quedó dormido.

De pronto, se desató una tormenta.

—¡Socorro! —gritaban los discípulos—.
¡Ayúdanos, Jesús! Nos estamos
hundiendo.

Jesús se levantó y ordenó:

—Cálmense.

El viento y las aguas se calmaron.

—¿Quién es este Jesús? —preguntaban los discípulos—. ¿Quién puede ser, para hacer tales cosas?

Jesús y la niña

En la orilla, Jairo los estaba esperando.

—Apúrate, bote —se decía a sí mismo.

Finalmente, el bote llegó, trayendo a Jesús y a sus discípulos.

Jairo corrió adonde Jesús.

—Por favor, ayúdame —suplicó—. Mi pequeña hija está muy enferma. Por favor, ven y sánala.

—Claro que lo haré —respondió Jesús.

Había una multitud en la calle.

—Deprisa —dijo Jairo.

Entonces, Jesús se detuvo.

—Alguien me tocó. ¿Quién fue?

El discípulo llamado Pedro se rió.

—¡Quién sabe! —respondió—. Todos se están empujando para acercarse a ti.

—Me refiero a quién me tocó para sanarse —preguntó Jesús.

—Fui yo —dijo una mujer—. He estado enferma durante muchos años.

—Ya no lo estarás más. Tu fe te ha sanado.

Jesús siguió andando, y un sirviente corrió a hablar con Jairo.

—Malas noticias —le dijo en voz baja—. Es demasiado tarde para que Jesús pueda hacer algo. Tu pequeña... acaba de fallecer.

Jairo comenzó a llorar.

—¡No llores! —le dijo Jesús—. Ahora debes tener fe tú también.

Se dirigió a casa de Jairo.
Afuera, las personas lloraban y se
lamentaban.

—No hay por qué llorar —dijo Jesús—.
La niña no está muerta; solo duerme.

Entró en la casa con Pedro, Juan y Santiago y con la madre y el padre de la niña.

Se dirigió al cuarto donde estaba tendida la niña, en una cama, y le dijo:

—Pequeña, levántate.

¡Y enseguida se levantó!

Jairo y su esposa estaban felices.

—No hace falta decir nada —dijo Jesús mientras se marchaba—. Solo denle a la niña algo de comer.

La historia del padre compasivo

Jesús quería que la gente entendiera cómo era Dios; por eso contó esta historia.

Había una vez un hombre que tenía dos hijos. Juntos trabajaban en la granja.

El hijo más joven quería hacer su vida.

Un día fue a su padre y le dijo:

—Padre, quiero mi parte del dinero familiar, y lo quiero ahora.

—No creo que eso sea una buena idea —respondió el padre.

Pero el hijo siguió insistiendo.

Al final, el hijo se salió con la suya. Se marchó a una gran ciudad muy lejos de casa.

Se gastó el dinero en toda clase de cosas:

lujos,

frivolidades,

y diversión.

Gastó todo lo que tenía.

Se quedó sin amigos,
sin dinero
y sin recursos para comprar comida.

Consiguió un trabajo: cuidador de cerdos.

El granjero no le pagaba bien.

Tenía tanta hambre que hasta deseaba comer la comida de los cerdos.

Entonces, tuvo una idea.

—Mi padre cuida bien a sus sirvientes. Regresaré a casa y le diré que estoy arrepentido. Le pediré que me contrate como obrero.

Así que hacia allá se fue.

Su padre lo vio llegar desde lejos.

Vino corriendo a abrazar a su hijo.

—¡Bienvenido a casa! —exclamó.

Llamó a sus sirvientes y les dijo:

—Alisten al muchacho para una fiesta.

Fue una gran fiesta.

El otro hijo estaba trabajando en el campo.

—¿Qué es ese ruido? —le preguntó a un sirviente.

—Es una fiesta para tu hermano. Ha regresado a casa.

El hermano mayor frunció el ceño.

El padre salió a recibirlo.

—Esto no es justo —se quejó el hermano mayor—. ¡A mí no me tratas así!

—Todo lo que yo tengo es tuyo —le dijo el padre—. Pero de veras es una buena noticia que tu hermano haya regresado. Él estaba perdido y ha sido hallado.

—Es más —les dijo Jesús a sus seguidores—, Dios es su padre amoroso.

»Cuando oren, digan así:

"Padre nuestro que estás en el cielo,
santificado sea tu nombre.
Venga tu reino.
Hágase tu voluntad en la tierra,
así como se hace en el cielo.
Danos hoy el pan que necesitamos.
Perdónanos el mal que hemos hecho,
así como nosotros hemos perdonado
a los que nos han hecho mal.
No nos expongas a la tentación,
sino líbranos del maligno".

La historia del buen samaritano

A todas las personas les encantaba escuchar a Jesús.

185

Pero lo que decía hacía enojar a algunos.

—¡Cómo se atreve a llamarse maestro!

—Nosotros somos los maestros y sabemos más que él.

—Hagámosle alguna pregunta difícil.

Uno de los maestros fue y le preguntó:

—¿Qué debo hacer para agradar a Dios?

—¿Qué dice la Escritura? —dijo Jesús.

—Que ame a Dios y que ame a mi prójimo —respondió el maestro.

—Muy bien —contestó Jesús—. Eso ya lo sabías.

—Pero ¿quién es mi prójimo? —dijo el hombre.

Jesús contó una historia.

—Había una vez un hombre que iba por el camino de Jerusalén a Jericó.

»Lo atacaron unos ladrones y lo golpearon.

»Se llevaron todo lo que tenía y lo dejaron tirado en el camino.

»Pasaba por allí un sacerdote del templo de Jerusalén.

»Vio al hombre y notó que estaba herido, pero se cruzó a la vereda de enfrente y siguió su camino.

»Un asistente del templo de Jerusalén pasaba por ahí.

»Vio al hombre y se acercó a mirar.

»Él también siguió de largo a toda prisa.

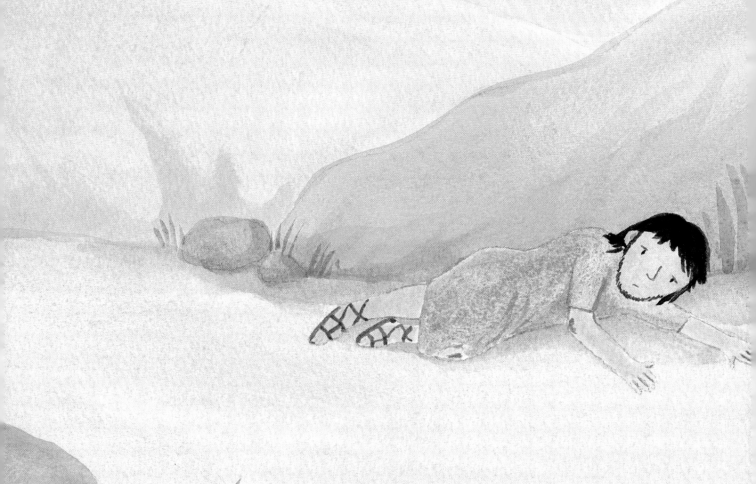

»Un samaritano pasaba por allí.

Jesús calló por un momento. A nadie le gustaban los samaritanos, porque tenían ideas raras acerca de Dios. Ellos no tenían nada que ver con el templo.

Jesús continuó.

—El samaritano se detuvo, y fue y ayudó al hombre.

»Lo llevó a una posada y se aseguró de
que el hombre se recuperara bien.

»Al siguiente día, se tenía que ir. Así que le dio dos monedas al dueño de la posada y le dijo: "Por favor, cuide al hombre que fue golpeado. Si le cuesta más, yo se lo pagaré la próxima vez que venga".

201

Jesús sonrió al maestro.

—Ahora yo tengo una pregunta para ti. ¿Quién era el prójimo de ese hombre?

—El que fue amable con él —respondió el maestro.

—Entonces ve y haz lo mismo —le contestó Jesús.

202

—Recuerden esto —les dijo Jesús a sus seguidores—. Deben amar a todos, incluso a la gente que es mezquina con ustedes. Detengan su camino para ayudar a los demás; sean amables y generosos.

Jesús y la cruz

Era el tiempo de la festividad. Jesús y sus discípulos iban de camino al templo de Jerusalén.

—¡Hurra! —gritaba la muchedumbre, mientras agitaba ramas de palmera—. ¡Viva el rey!

Esto hacía enojar a los maestros.

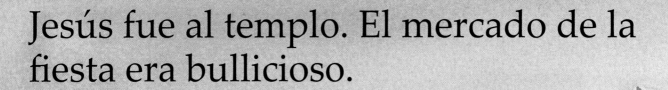

Jesús fue al templo. El mercado de la fiesta era bullicioso.

Jesús volcó las mesas.

208

—Paren toda esta compra y venta —dijo—. Este es un lugar para orar.

Esto enojó mucho a los sacerdotes del templo.

Los sacerdotes y los maestros se pusieron de acuerdo.

—Librémonos de Jesús —dijeron.

Uno de los seguidores de Jesús se reunió con ellos en secreto.

—Si me pagan, los ayudaré —ofreció Judas.

Llegó el tiempo de tener una comida especial por la festividad.

Jesús partió el pan para sus discípulos y lo repartió.

Luego sirvió el vino y les dijo:

—Quiero que siempre compartan una comida así y me recuerden.

Después, fueron a un campo de olivos, a dormir bajo las estrellas.

Judas fue por un camino diferente.

Él llego más tarde… con soldados.

Los soldados llevaron a Jesús con los sacerdotes y maestros.

—Pensamos que tus enseñanzas están equivocadas. Estás en problemas —dijeron.

Le contaron mentiras acerca de Jesús a la persona que estaba al mando, Poncio Pilato.

Pilato dio la orden de que Jesús fuera clavado a una cruz.

Antes de morir, Él pronunció estas palabras: "Padre, perdónalos".

Al final del día, algunos amigos de Jesús llegaron y pusieron el cuerpo en una tumba. Rodaron una gran piedra y la cerraron.

Durante todo el día siguiente los amigos de Jesús lloraron y estuvieron tristes.

Muy temprano, a la mañana siguiente, algunas mujeres fueron a la tumba.

La puerta estaba abierta.

Los ángeles les dieron una maravillosa noticia: ¡Jesús estaba vivo!

Sus amigos lo vieron muchas veces más.

—Yo voy al cielo —anunció Jesús—.
Ahora quiero que vayan y les cuenten
a todos sobre Dios y su inmenso amor.
Estoy abriendo un camino para que todos
puedan entrar al reino de Dios.

Título original: *My First Picture Bible*
Edición original publicada en inglés por Lion Hudson IP Ltd, Oxford, Inglaterra.
Original edition published in English by Lion Hudson IP Ltd, Oxford, England.

Texto de Sophie Piper
Traducción de María José Hooft

Primera edición: junio de 2018
© 2016, Emily Bolam, por las ilustraciones
© 2016, Lion Hudson IP Ltd.
© 2018, de la presente edición en castellano para todo el mundo:
Penguin Random House Grupo Editorial USA, LLC.
8950 SW 74th Court, Suite 2010
Miami, FL 33156
www.librosorigen.com

ISBN: 978-1-945540-50-9
Impreso en Malasia /*Printed in Malaysia*

Penguin
Random House
Grupo Editorial